KB142399

시파랭에서 놀다

시파랭에서 놀다

2024년 8월 20일   초판 1쇄 인쇄 발행

지 은 이 ㅣ 전길중
펴 낸 이 ㅣ 박종래
펴 낸 곳 ㅣ 도서출판 명성서림

등록번호 ㅣ 301-2014-013
주   소 ㅣ 04625 서울시 중구 필동로 6 (2, 3층)
대표전화 ㅣ 02)2277-2800
팩   스 ㅣ 02)2277-8945
이 메 일 ㅣ ms8944@chol.com

값 10,000원
ISBN 979-11-94200-17-8

전길중 8시집

시파랭에서 놀다

도서
출판 명성서림

시인의 말

시의 유토피아는 어디에 있는지? 꽃과 나뭇잎에 시라는 바람과 햇빛을 주입하면 새로운 美를 부여할 수 있다는 믿음으로 시파랭의 언덕을 오르내리지만, 실체를 찾는 일이 아득하기만 하다.

수년간 요양병원에 계신 부모님에 대한 염려와 우울함을, 보기만 해도 미소 짓게 하는 손자들 사진으로 대체했으나 부모님 돌아가신 허전함은 여전하다.

2021년 시선집 『달을 품고 싶은 나무』를 출간했다. 그간의 시를 정리하고 나를 찾는 시를 쓰겠다는 의도였지만, 이제는 나를 찾기보다는 나를 잊기 위해 시를 써야겠다. 산을 보려면 산에서 내려오고 섬을 보려면 섬을 떠나야 잘 보이듯이 내가 나를 떠나면 내가 보이고 시를 떠나면 시가 보일 듯 하다.

문학의 가치가 대중매체나 인터넷 아래 놓여 괘도를 정립하기가 쉽지 않다. 문학적 영향과 평가가 대중매체나 현실에서 멀어져도 시인은 시의 가치에 대한 역설적인 가정을 발생시킨다. 해체와 직관의 환상적 인식. 이미지와 이미지의 연결, 의식과 무의식의 접합, 대립 관계를 통하여 부조

화에 천착한다. 프로이트의 초현실적인 무의식과 보들레르의 상징을 거치며 문학의 발전과 붕괴를 반복하며 시의 변형을 가져왔다. 새로운 문예사조를 거칠 때마다 실험의식이 발현되고 새로운 형식이 나타나지만, 궁극적인 지향점은 문학의 예술성과 가치성 나아가 영구성이 아닌가 싶다.

몇몇 시인이 내 시가 교과서 같다고 한다. 좋은 의도에서 하는 말이지만, 어떤 틀에서 벗어나지 못하고 있다는 뜻이다. 그렇지만 내 시의 특성을 유지하고 싶다. 제목이 '시파랭에서 놀다'이다. 18행 또는 그 이하면, 몇 편은 읽어주겠지? 라고 생각하며 또 그렇게 되길 희망해 본다.

2024년 8월

전 길 중

차 례

제 1 부
사칙연산 = ?

제1부

사칙연산 = ?

단풍 또는 낙엽의 시간

해의 기울기가 어둠 쪽으로 기울자
혈관의 수액이 떨켜로 모여
잎들이 생장과 분화를 멈춘다
수분 부족으로 가려운 몸이 안타까워
바람이 긁어주자 파르르 떤다

눈비에 휘면서도 꺾이지 않고
키를 키워 높게 멀리 보다가
발밑을 내려보니 현기증 난다

가야 할 때 가벼워지려 털어내고
모양이라도 별로 연출하고 싶어
하늘을 움켜쥐던 손가락 피자
땅에 볼 비벼 작별을 고하는 잎새들
내 마지막도 저리 고운 빛일까?

그럼에도 불구하고

찢어진 낮과 밤의 뼈와 살을
봉합하는 응급실에서
도살장의 소 울음소리가 난다
매일 반복되는 일, 별거 있나?
혼자만 아픈 거 아닌데

벌이 꽃의 입술을 빨고
꽃이 벌의 발바닥을 핥는 상생이
믿음이고 사랑인가 싶어
관계를 설정하고 떠도는 바람
버릴 것인지 자신이 버려질 것인지

겪고 후회하면서 아직 남은 삶
나머지 없는 생의 꼭짓점에서
출구 없는 화장장 연기로 맴돈다
그럼에도 불구하고
지상의 움직임은 잠시도 멈춤 없다

사칙연산 = ?

노을의 체액 묻은 딱지를
호주머니 채우고 늦게 귀가하자
대문의 모서리 조바심이다

정작 해야 할 것들을 내팽개치고
곳곳에 걸어둔 베아트리체
이제 가슴 뛰고 설레는 일 없다

복권 몇 장 사고 곱셈으로 머리 굴리며
며칠을 설레다가 갈기갈기 찢긴다
하늘을 품다 베어진 순간 제로인 나무
인간과 조상이 같은 핏줄이었나 보다

+ - x ÷ = ?
딱 떨어지는 몫은 차치하고
어떤 셈법으로도 '?'만 남는 사칙연산
어떻게 풀어도 정답 없다

꼭두를 만날 때

그물에 걸려 버둥거리는 물고기와
구덩이에 빠져 허우적대는 고라니에게
영원한 안식을 설명하던 *꼭두가 다가오자
어디로 어떻게 떨어져야 덜 아플지
빠르게 눈을 굴리는 꽃잎들

돌꽃을 피우고 녹은 눈의 자리에
어떤 잔영도 남지 않는다
앞서간 썰매 자국의 복선들
어지러워 판독 불가다

죽음이 새로운 시작이라는 신앙인들
절실함인지 막연한 믿음인지?
무신론과 유신론에 낀 존재에게는
믿어야 할지 말지 알 수 없는 과제다

* 이승과 저승을 연결하는 통로 및 존재, 또는 삶과 죽음의 경계선

오래된 겨울

어머니 눕는 시간이 길어지고
타르를 뱉으며 가랑거리는 아버지
식욕 떨어진 백점병 걸린 물고기다
된장 냄새 넘치는 옹기나
들고 있는 뜨거운 커피잔에
알지 못할 불안이 넘실거리면
벽에 기댄 빗자루
뜬눈으로 밤을 지새운다

멍에를 벗으려는 쇠방울 소리가
소란을 일으키는 새벽
밑그림으로 잡은 산등성이 햇살이
처음 잡은 붓처럼 떨린다
풀 뜯는 소리를 내는 황소바람 무서워
봄이 쉽게 오지 못한다

꽃 피면 봄, 봄이면 꽃 피는 법
어서 피어야 하는데
발효된 한숨이 목구멍을 긁는다

겨울 연못

달거리 하다 피 묻은 옷을
나뭇가지마다 걸어 놓은 여자를
그윽하게 내려보던 하늘이
물 위에 햇살을 톡톡 터트린다
바위틈에 끼어 굽은 허리와 멍든 힘줄은
영역을 지키기 위해 타고난 숙명이다
산 그림자가 불안한 새 떼의 울음소리가
심상치 않은 징조를 예고한다
움직임이 둔한 물 먹은 이파리들
제 새끼처럼 핥아주는 햇살의 귓불을
사정없이 잡아당기는 바람
조현병을 앓는 불임의 여자다
물고기 비늘이 점묘화로 찍힌
살얼음 자궁을 힘없이 여닫는 연못
온종일 앓는 소리다

무음으로 피는 꽃

피고 지는 자연의 이치가 그렇듯
얼마 남지 않았다고 혼잣말하는 어머니
봄 떠난 지 오래인 줄 알면서
꽃 피지 않는다 속앓이다

꽃들을 밀어 올리는 꽃대의 명치 아리다
꽃샘추위를 견디어야 봄이 오는 것을
한꺼번에 그 많은 꽃 피울 수 없음을
꽃이 저절로 피지 않음을 알고 있지만

'그래서 그랬을 거니' 짐작하며
스스로 꽃대를 세워 무음으로 피는 꽃
어둠과 빛의 경계에 머물러
그래, 꽃이 피고 질 때 소리를 내지 않지
눈물 훔치는 꽃나무에 저승꽃 아른거린다

걸레의 지문

함부로 몸 놀리는 사람을 말하지만
제 몸 빨아 더러움 닦아내는데
쉽게 정의할 수 있나?

자식들의 허물 블랙홀처럼 빨아드려
거듭나기를 기다리는 어머니
모두 당신 탓이라며
무릎 꿇고 뽀득뽀득한 미래를 꿈꾸었지

빨고 헹구어 닦을 때마다 삐걱거리는 무릎
내려놓고 싶어도 차마 놓지 못하고
구석구석 땟자국 지울 때마다
칠 남매 낳은 뱃살 트임 출렁거린다

힘든 과거를 벗어낸 경이로움 모두 잊고
요양병원 가기 바빠
바닥에 그대로 놓고 간 걸레의 지문
아직 온기가 남아있다

사진기 없는 사진관

보정 하지 않은 사진을 들춥니다
평생 소몰이에 그을린 모습으로
상급학교 아들 입시에
당신이 수험생인 듯 초조해하셨고
도시와 쌀값 차이만큼 이문이라시며
농사지은 쌀 직접 우마차에 싣고
오 십리 길 멀다 않으셨지요

병원에 가두고 집 팔아먹으려 한다는
비틀린 말씀에 웃음이 나네요
코로나 끝나면 갈 수 있다고 다독이지만
어디로 갈 건지, 참 그러네요
훗날 아들이 찍는 내 사진도
지금과 별로 다를 게 없을 테니
퇴색하는 건 사진뿐 아니죠

바람인 것을

나비와 꽃잎 사이 몰아쉬는 숨
햇살이 점점 아래쪽에서 속살대자
야위어만 가는 가지들
점점 바람의 목소리 닮아간다
서로의 관계를 모르면서
바람이 흔드는 날개가 어지럽지만
평상시 몸짓을 지탱하고자 한다
조가비에 물려 몸부림하는 갯벌을
뒷걸음으로도 다 읽는 게가
달의 태반을 저리 긁어대도
상처를 입는 건 파도뿐
가계나 이름이 뭐 그리 중요한가?
나무에 집 지어 살던 새 호적부 없고
마른 삭정이 하나 부러뜨리지 못하고
평생 떠돌다 가는 바람인 것을

정전의 순간

빛이 등을 돌리자
숨죽인 거미의 그물망에
한 각씩 깊어지는 어둠

잘려 나간 골목 풍경들
좁혀진 배경에
밀도 따라 물이 파고들 듯
가닥가닥 모이는 빛

순간이다, 빛과 어둠의 교차
삶과 죽음이 그렇듯

생각만 해도 무섭다. 정전의 어둠이 나를 지상에서 보이지 않도록 감춘다고 하는 두려움이 무섭다. "삶과 죽음이 그렇듯" 내 몸에 노크할 것 같아서가 아니다. 어둠을 한 발짝도 움직이지 못하도록, 꼼짝달싹하지 못하도록 쇠사슬을 마음에 칭칭 담아놓기 때문이다. 내 곁에 있어야 할 사람과 이별을 시키는 어둠. 두렵다. "빛이 등을 돌린다면 그동안 소식 뜸하던 이들이 별빛처럼 깜박거릴까." 어둠과 빛은 순간으로 교차한다. "어둠이 잘려 나간 골목"에서 서성거리는 공포의 세상은 천둥 번개처럼 무섭다.

이소애 시인, 평론가 〈전북일보〉

달의 표류기

텃밭에 잡초 울음 박박 긁더니 어디로 갔는지
손바닥을 대고도 넘쳐나던 보름달
까마득히 잊고 있었는데 언제 일그러졌는지?
요리조리 더듬어도 밋밋한 젖가슴
달무리 사이 가락지 수줍게 내민다

먹구름 몰려오니 소낙비 내리겠다
굽은 허리로 숲을 헤집고 나와
병원 지붕에서 몸매를 매만지는 달
어떻게 읽어도 아프다

염려와 걱정으로 해결되지 않으니
아무것 못 본 것처럼 눈감을 수밖에
그러면 안되는 줄 알지만

이별 준비

- 아버지 임종을 앞두고

뒷산이 그림자 걷고 아침을 여니
옆구리에 흉터 진 느티나무 아직 수면 중이다
색 바랜 바람이 잎을 깨우느라 법석이지만
그동안 잊으려 애쓴 기억이 나뒹군다
마른 삭정이 가슴 뛰는 일 없어 좋다
모든 것을 뿌리에 묻고 서 있는 나무
휘감고 갈라지는 목소리 바람인 게지
나란히 서 있는 나무 사이 천년인 듯 멀다
떨어진 이파리 등걸잠으로 세상을 누비다 보니
벌레들이 뜯어 먹은 가슴 휑하다

노란 은행나무 머릿결에 말하자면
헛기침 몇 번 후에 잎을 깔고 앉아 추스렸지
산자락 타고 온 햇살이 가만히 내려본다
세월 지나도 그 나무와 재회는 없다
남녀 사랑도 부모와 인연도 다 그러려니
삶과 죽음이 뭐 그리 크게 다르랴
나뭇잎 떨어져 구르는 가벼운 순간인 것을
왜 가슴 아파하는 것인지

경계

안과 밖이 분명하지 않은 바람이
애벌레와 나비를 참견할 수 있는 경계는
문양을 팔랑이는 순간이다
새의 깃털이 날아들 때마다
침 튀길 일 아닌 관계
서로의 생채기를 부드럽게 어르자
숲의 푸른 핵심이 그대로 남는다

삶과 죽음 그 경계는 지금 그곳
누군가 지배하는 절대적 영역이다
아무렇게나 벗어던진 꽃말들의 속옷
변방으로 밀려난 물기 마른 종교와
선을 그은 경계 너머에
어떤 신앙이 꽃으로 필 것인지

먼저 시인과 독자의 경계부터 살펴보자. 시인은 사물의 행동, 개념, 특성을 원래와는 다르게 관계없는 언어로 간접적이며 암시적으로 시를 쓴다. 독자는 의미가 응축된 은유의 이미지를 찾아내며 읽는다. 여기에서 시인과 독자의 경계가 형성되는데 시인의 의도와 독자의 이해도는 상반되기 일쑤라서 자연스럽게 경계가 생기기 마련이다. 그렇다고 독자를 위하여 일상용어와 굳어버린 이미지의 작품을 쓴다면 문학적인 성과가 없어진다. 경계는 삶의 모든 것에 존재한다. 안과 밖, 마을과 마을, 국경 등 사물에서 보이는 경계가 있고 사람의 정신 속에 깊숙이 내재하여 어떠한 충격에도 허물어지지 않는 심적 경계가 있다. 유형의 경계는 인위적인 힘으로 얼마든지 무너트릴 수 있다. 하지만 심적인 경계는 물리적인 힘이나 합리적인 이해를 내세워도 쉽게 무너지지 않는다. 시인은 사물의 형성과 움직임에서 삶과 사물의 상반된 경계를 보았다. 예리한 눈으로 정확한 초점을 찾아내어 암시적인 시를 쓴 것이다. 애벌레와 나비는 한 몸이다. 과정을 거쳐 온 자연의 순간 현상으로 경계점을 읽기란 어렵다. 그런데 날개를 열어 나비가 되어 문양을 펄럭이는 순간의 경계를 사람의 일생에 비유하여 화자가 서 있는 곳과 미래에 가야 할 죽음의 세계로 연결하였다. 삶과 죽음의 경계는 지금 서 있는 곳으로 감당할 수 없는 영역이지만 희열을 맛본 자리에서 영욕의 세월을 한순간에 펼친다. 어떻게 살아왔던지 사람은 과거를 그린다. 현재와 과거, 현재와 미래를 펼쳐놓고 어디에 경계를 그릴지를 망설이지만 어디에든 그려야 한다. 그곳이 종교적인 영역이든 사유의 영역이든 분명한 경계를 가져야 삶이 정리된다. 그렇지만 시인은 그 자리에 서서도 타협하지 않는다. 이단으로 버림받아도 메마른 형태의 종교가 미덥지 못한 것이다. 결론은 사람은 사람다워야 하고 종교는 원래의 뜻에서 벗어나지 않아야 그사이에 경계가 없어지는 것이다.

이오장 시인 및 평론가 〈경기일보〉

빈집

모두 떠나고 덩그러니 남은 빈 독들
불룩한 배에 금 간 문양이 역사다
함께 살았다고 정 들은 건 아닐 텐데
병마까지 왜 데리고 갔는지
약봉지에 굵은 글씨 약 이름 또렷하다

사주를 경계하는 대숲을 가볍게 뚫고
새끼들까지 데리고 온 고양이들
퇴거 명령에 잠시 눈치를 살피다가
인기척 없자 다시 들어와
세 한 푼 내지 않고 살림 차린다

담배 연기가 스미어 눈물이 난다
바람 탓이라며 대문을 나서는데
누군가 뒷덜미를 잡는다

제**2**부

사랑의 건축학

사랑의 건축학

말 없어도 표정과 행동으로 교감한다
입구는 하난데 출구가 여럿인 꽃밭이
꽃과 나비의 놀이터라고 단언할 일 아니다
다 안다고 생각할 때
얼마나 많은 것을 모르고 있었는지?

출신과 조건에 구애됨 없이
태생이 다른 유형의 6과 9로 만나
0으로 시작하여 ∞로 이어가려고
부족함을 채우고 넘친 부분은 깎아내며
'응응'하며 서로 맞춰간다

별 하나에 같은 꿈을 심어놓고
비바람이나 혹한에도 흔들림 없이
소소하지만 확실한 행복을 위해
적재적소에 알맞은 색과 모양으로
새로운 건물을 세우는 건축학이다

사랑학 개론

신궁을 발설함은 금기사항이지만
달이 야릇한 파동을 일으키자
동굴 벽 그림문자에서 페로몬 향이 난다
깊은 바다는 쉽게 파도를 만들지 않는 법
외눈박이 키클롭스 성급하게 달려들지 말자
사랑의 물을 관장하는 건 큐피드니

지친 어깨를 다독이며 은밀히 속삭이는
때로 그런 사랑을 원하지만
아프로디테가 허리끈을 풀자마자
작살 맞아 팔딱이는 어족 눈이 풀린다
별빛이 살 속을 함부로 뚫지 않는 건
카타르시스의 찌꺼기 때문이다

갖고 싶으면 다 소유하는 제우스에게
이렇다 저렇다 아무도 말 못 하는데
예나 지금이나
누가 사랑을 정의할 수 있나?

사랑, 그 쓸쓸함에

설렘을 해피엔딩으로 끌어가다가
돌아서 절망을 들여다보는 일
찐 사랑이었다고 자위를 하는 건
드라마의 잔상 때문 아니다

이제 말할 때다, 반짝이는 햇살
그 따뜻한 체온을 추스르려 한 건
짧은 기립에 멈춰버린 사랑의 전율
더는 느낄 수 없기 때문이다

지금의 시선은 담담함이고
어떤 언어들도 말 없는 고요지만
숱하게 겹쳤다 흩어지는 주인공을
빈자리에 옮겨 꿰맞추는 까닭은

사랑, 그 쓸쓸함에

공통점 찾기

여자와 사과는 화장법이 달라도
같은 속성을 지닌다
숨겨둔 씨앗의 비밀을 밝히려면
조심스럽게 다루어야 한다

예측하지 못한 바람에 상처를 입고
과속으로 낙과하며 내는 고음은
사랑의 절정이거나 단말마다

뱀이 꼬리를 흔드는 아담의 정원이
*에리스와 이브가 모의한 영역인지
추론으로 풀리지 않는다

아무리 치명적인 유혹이라도
확신이 없으면 항상 경계할 일이다

* 그리스 신화에 불화와 다툼, 이간질의 여신.

장미에 들다

향기에 취해 그런 것이라고
이런저런 변명을 하지만
가시에 찔린 문장의 핵심은
만고풍상에도 '참 생각 없다.'
달빛으로 찍은 칙서에
사랑하는 마음에 장미꽃이 드니
'함부로 희롱하지 말라'는 칙령을
누구도 따른 적 없다

부풀 대로 부풀어 팽창한 바람이
속까지 다 보이며 하소연하여
진짜 사랑 고백인 줄 알고
부르튼 입술로 혀 받아 주며
'열정과 사랑은 멈춤이 없다.'라고
꽃말만 반복하는 저걸

겨울 숲에서

플롯 소리를 풀어내는 새에게서
젖은 낙엽 냄새나는 것이
조금 전까지 함께 있었나 보다
마지막 떨쳐낸 잎의 행방이 묘연하고
눈이 언제 멈출지 모르지만
바위틈 이끼 어찌어찌 살아남는다

눈 덮인 그 어떤 나무도
고된 삶과 추위에 지친 족속이다
연륜만큼 두꺼워진 사이라서
유난스럽게 바람이 고목을 긁는다

절망을 밀어낸 자리에서
잎을 틔우고 지울 때를 아는 숲은
자생할 영토가 충분하기에
길이 보이지 않아도 걱정 없다

여행 중

논리 없이 날리는 눈雪의 추상처럼
사랑과 이별 그리고 죽음은
스스로 감내할 몫이다
남을 위해 목숨을 내놓는 이 없고
죽은 사람 눈물 흘리지 않는다

종착역을 향하여 달리는 중
의문점 많지만 확실한 결론 없다
사랑, 가까이하면 타서 재가 되고
관심을 거두면 연기로 사라진다

시점과 끝이 달라도
사유와 체험으로 찾아가는 길에
진부해 버려둔 추억을 반추하며
자신을 되감는 시간 여행 중이다

바람의 옹이

나무의 옹이는 햇빛의 몰아치기 탓이지만
허공을 걸었을 뿐인데 왜 옹이가 박혔는지

언제쯤 살아가는 일에 익숙해질까?
나이 들수록 억울하고 상처받는 일만 많아진다

여기저기 폭설의 알몸 사진을 뿌려대다가
대숲에 들면 푸르러지고 꽃밭에 가면 꽃물 드는데
존재감을 드러내려고 옹이를 키울 일 아니다

보이지 않는 신을 믿는 것처럼 인정하고 있으니

상대성 이론에 따르면

꽃향기에 빠진 바람 미동 없다
지나친 논리는 지루하지
설명할 수 없는 느낌 있잖아

제한된 시간과 공간의 절대성에
속박당하고 싶지 않아
피었다 지고 다시 필 꽃을
기다리며 환상을 갖는다

절망과 희망은 관점이 다를 뿐
상대성 이론에 따르면
상대의 존재를 인정하는 가설 아래
직관이나 본능은 물론
등가속도인 사랑도 불변한다

정원사의 꿈

책 찍는 소리 멈추지 않는 인쇄소
끊임없이 넘기는 책장마다
생소한 기호들로 기록한 그리움을
말하는 저 입술 어떻게 설명한다더냐
쥐고 흔들려는 세상에 저만 흔들리며
풀어내려는 것을 어떻게 표현한다더냐

푸른색 옷에 하얀 망토 차림으로
바다 기슭을 훑으며 울부짖는데
오래전부터 곁에 자리한 물 마른 옛날 여자,
줄무늬 옷 겹겹이 입은 채석강 층층
속삭임을 어떻게 설명한다더냐

바다에 꽃나무를 키우는 이 누구인가?
수경재배 전문가인 그는
아메리칸 블루, 물망초, 파란 장미로
*'푸른 꽃의 기적'을 이루기 위해
꽃 피우는 작업을 멈추지 않는다

* 한 소년과 마녀의 이루지 못한 사랑을 주제로 한 음악

수련의 사랑법

혀를 어디에 둘지 살며시 고개 드는데
물속 눈동자는 누구의 것일까?
둥근 귀에 찰랑거리는 속삭임 젖지 않는다
출렁이는 건 바람, 수련은 세련된 고요
흔들리는 건 우리다

밤새 물을 퍼 올려 빚은 꽃
햇빛이 들어와도 미소 지을 뿐
소리 없이 뿌리를 얽는 사랑법으로
푸른 공기 방울들을 밀어 올린다

번뇌에 휘어진 그림자로 머물러
고통 없이 어떤 아름다움도 없다며
침묵으로 영롱한 사랑의 꽃불을 켠다

외롭지 않기

외로움을 어찌 다 헤아리냐만은
내 호흡을 바라보고 있노라면
외로운 사람이 왜 그리운지
그리움은 무슨 빛깔인지
모두에게 똑같이 사랑을 줄 수 없어
신도 외롭다 한다

자신이 주인공인 체하지만
외롭지 않은 이 어디 있으랴
꽃샘추위 겪지 않은 봄꽃 없다
지금 핀 꽃이 가장 아름답다
눈높이를 맞춘 사랑 또한 그렇더라

낙엽 소리 들으면
그리움 아닌 것이 없는 세상
스스로 굴레를 만들어
그리움과 함께 갇히면 외롭지 않다

우산을 접은 후

가슴 울렁이며 은밀히 속삭인 말들
햇빛 달빛이 다 씻어 간 뒤
가슴을 콕콕 찌르는 빗방울이
철없는 연애를 다시 불러온다

사랑이란 서로의 그림자를 밟는 것
앞서거니 뒤서거니 쫓다 피하다
밟고 밟히는 그림자
어둠에선 잠시 거리를 두는 일이다

꼬리 흔들며 달려드는 동물을 연상하며
푸른 나무로 서서 하늘을 바라보다가
추억까지 흠뻑 젖어
몇 번을 털어낸 접은 우산에서
아직도 물방울 떨어진다

제3부

은밀함에 대하여

스피노자의 거미

아테나와 베 짜기를 겨룰 때
신들의 비행을 가감 없이 표현하여
지상으로 추방된 아라크네
노을 속에 입적한 나무에서
출렁이는 날갯소리를 순식간에 낚아챈다
파리를 거미줄에 던진 스피노자
거미에 뜯기는 그들을 직관하면서
자본주의 속성을 밝힌다

부조리를 먹어서라도 없애려 하지만
곳곳의 거미 망을 피할 수 없어
은밀한 착취는 반복될 뿐이다
약자는 살아남는 것이 아니라
치열하게 죽음을 미루고 있는 중
무심한 듯 아무렇지 않은 듯

은밀함에 대하여

마루는 키를 키울 엄두를 내지 못하고
죽은 듯 누워 결을 지킨다
맥락을 이으려 맴돌이로 어지러운 나이테
지난 시간과 남은 시간
떨쳐낸 잎의 자리 흔적 없다

각진 구도의 부조화가 까탈인 바람
새소리 새어 나오는 각질을 벗기며
마루 밑 신발에 눈을 두고 헛기침이다

숲으로 가고 싶어 팔락이는 잎들
태생부터 움직일 수 없었기에
자리에 누운 한숨 소리만 정적을 깨운다

상처에 대하여

바람의 반대쪽 가지는 걱정 없다
태풍의 뒷자리에 누운 나무
'바라만 봐도 좋았는데' 혼잣말하며
비스듬히 누워서도 제 영역을 다 알아
조바심하지 않는 숲
하관이 베어지는 위기를 겪은 나무들
이제 어떤 것도 두렵지 않다

세상을 눈에 담고 쭈그려 앉은 산
가을의 폐허가 주춤거리자
바람이 절룩거리며 뒤따라온다
자신을 깊은 어둠으로 끌고 갈 그림자
무기력해진 세월에 절망하지만
상처가 아무는 때를 알기에
기꺼이 손잡아 맞는다

곡선에 대하여

바로 걸었다고 생각했는데
돌아보니 굽은 길이다
빗방울 씻어내고 확보한 시야
서로 눈을 주며 몸을 푸는 숲으로
순간이동을 한다
사물이 된 안개 속 선들이
점들로 흩어지고 다시 모인다

점과 선들을 모아 엮은 고립을
껍질 속에 감춘 소나무와 미루나무
가지에 앉은 새의 숫자로 가름한 니체
여체를 예로 들지 않아도
수많은 직선과 곡선을 경험한 우리
이미 알고 있는 아름다움이지 않은가?

공자는 진정한 능력과 인격을 겸비한 인간상을 군자라고 하셨다. 논어의 마지막 세 구절은 '부지명不知命 무이위군자야無以爲君子也 부지례不知禮 무이립야無以立也 부지언不知言 무이지인야無以知人也'로, '천명을 모르면 군자가 될 수 없고, 예를 모르면 뜻을 세울 수 없으며, 말을 알아듣지 못하면 사람을 알 수 없다.'라는 말이다. 문학에 있어 학學과 언言이라 함은, 좋은 작품을 곁에 두고 끊임없이 배우기에 힘써야 하며 한다는 뜻으로 해석된다.

'바르게 걸었는데 돌아보니 굽어진 길', 그 또한 아름다웠다고 자위하는 시인의 시적 심성이 새롭다. 니체는 짜라투스트라를 통해 '영겁회귀'의 사상을 말하고자 했는데 전 시인의 시를 통해 새로운 사유의 길을 찾아야 한다고 생각을 한다. 가우디는 "직선은 인간의 선이고 곡선은 신의 선'이라 하지 않았던가.

조미애 시인 〈표현〉

연꽃에 대한 소고

진흙 속에서는 물과의 대화가 경이고 설법이다
몇 겹을 돌아온 피안의 세계
물안개 젖히고 여래의 땀 젖은 적삼을 빤다

들어 올린 눈으로 물 밖을 지그시 바라보며
어둠 속 고요와 사유로 청초함을 유지하여
불타의 자태로 세상을 은은하게 품는다

나눔과 비움과 섬김을 실천하기 위해
법구경만 한 하늘 한 장 펼쳐 물 밖에 내걸고
자비로운 마음 활짝 연다

사바를 잊고 관음을 바라보는 눈망울이
꽃이고 중생이다
번뇌에 싸인 자들을 위해 흘린 눈물 덩어리다

행복 탐구

꽃을 향해 달리다가 넘어진 때부터
낙엽의 울음이 흩어질 때까지
아니 동고비 눈알만큼의 시간에도
행복은 과도하게 사치스럽고
불행은 행복을 비교우위에 놓는다

홀로 가로수 따라 걷는 것도 서정이니
바람을 타고 어디론가 가 볼까?
푸른 하늘 멍하니 바라보는 거
시를 쓴다고 자판을 두드리는 거
생각하고 말하고 웃을 수 있는 거
매일 숨 쉴 수 있는 것으로
행복하다 하면 행복인 것을

시를 쓰다가

'적당히, 알맞게'가 떠오르지만
구태의연하다
여인의 귀고리에서 물방울 소리
요염한 시어들인지라
그 또한 오용할까 염려스럽다

하루살이 생애가 아팠고
피 흘리는 짐승들 가여웠다
가위눌린 꿈에서 쫓기며
막다른 길에 도착하여
이제 나를 잊기 위해 시를 쓴다

더 추락할 곳 없는데
왜 항상 조마조마한지
시를 안다고 선뜻 말할 수 없으니
그렇겠지만

문득

빈자리를 채워가는 활자들
꽃진 화분의 바닥이 궁금하여
뒤집으니 달이 뜬다
전혀 관심 두지 않는 여자를 그린
화가의 땀방울 그것으로 충분하단다

의식의 경계에서 무의식 속으로
아득한 별이 된 그,
불현듯 벗어나고 싶은 그때가 끝
활자와 놀던 나를 놓을 수밖에
문득 가물거리는 그
또한 화가와 비슷한 생각을 한 시인
떠오르는 그들의 생애
미래의 자화상을 그리고 싶다

시를 쓰다가 문득

동반자에 대하여

고착되지 않은 빛과 어둠의 관계다
어둠에 들어 내일의 빛을 키우는 동안
그림자를 내준다
바라보기도 벅차
누가 빛이고 어둠인지 구별할 수 없다
수시로 역할이 바뀌니까

땀을 말려주고 불을 밝혀주면 되지
세상은 발 빼기 힘든 갯벌
다정하게 손잡아 주는 거
달빛이 너울거리는 밤에 곁에 있어
들뜬 세상 가라앉히고
아픔과 고통을 느끼지 않게
품어주고 서로 어깨를 주는 사이

죽어서야
빛과 어둠이 하나 되는 관계라 하는데
경험이 없으니 알 수 있나

유리 벽 안에서

스스로 만들고 부서지는
태양의 시선을 감당하기 힘들지만
안과 밖이 다르지 않다

어른이 되면 뭐든지 할 수 있으리라
설레는 연애를 수많은 물음표로 찍고
명언은 따옴표로 저장해가며
하루하루 달그락거렸지

톱을 든 나무꾼에 긴장하는 나무들
나이테로 몸을 숨기고 있다가
언제쯤 발현할 수 있을지?
사실 안과 밖 같은 세상인데
항상 우리는 왜 탈출을 꿈꾸는지

설명서

버드나무 치렁한 머리칼에서
말랑한 일상의 껍질을 벗겨내도
비의 성분을 알 수 없다
설명서를 읽지 않아 착오의 흔적뿐
놓친 것들과 용기 없음을 후회하지만
그 이후도 마찬가지다

모양을 달리하며 밀고 당기는
바닷물에 경전이 보인다
사후의 영광을 제시하기보다는
절실한 건 지금 살아가는 방법이지만
내려앉는 달빛이
한 치의 두께로 지상에 잠길 때
보이지 않는 설명서 필요 있으랴

길을 잃고

나를 두고 온 길을 실금으로 긋는 달빛
연못 속 산을 오르려 올챙이 안간힘이다
돌아갈 길까지 갉아먹은 벌레들
몸을 키우지만 오르는 꼭대기 아득하다
텃새 난 자리에 귀 베고 누운 고양이
어떻게 배를 채울지 눈망울을 굴린다

언제 여기까지 왔는지
빗질하는 물소리에 번민을 쓸려 보내고
안개의 속살 찢은 햇살이 멈칫거린다
떠나온 곳으로 돌아가는 날
태어날 때처럼 주먹을 꽉 쥐고 있을 것이다

꽃게들과 놀던 바다가 눈뜨니 진흙투성이다
간신히 헤쳐나온 길에
제비꽃들 낯선 표지판을 들고 있다
누구를 기다리는지 보내는지

버퍼링 중

보이거나 보이지 않거나
희미한 감각으로
과거와 현재를 조심스레 잇는다

프락시 서버 확인 중

휘어져 흔들리는 풀잎에
팽팽한 긴장으로 앉은 이슬
푸른 핏물이 떨어진다

미래를 찬찬히 탐색하는 현재
외로움과 아름다움이 뒤섞여
지직거리며 버퍼링 중인 노을
어찌 될 것인가?

재접속 시도 중

침묵의 색

깃털 하나 빙그르르 떨어지자
활유법을 펼치는 산까치 울음
그래, 힘들지? 쪽빛 공감이다
가지 끝 앉아 내려보는 햇살을
조롱으로 오인한 바람이 씩씩거리자
꿩 한 쌍 푸드덕 녹색 침묵을 깬다
L 사장과 H 마담의 파일은 검정
그들의 침묵을 파악하기 어렵다
남들이 간음이라고 비난하지만
사랑이라 주장하는 눈물까지 포용하는
신의 침묵 주황색이다
바람과 숨바꼭질하다 떨어진 단풍
흥건한 피에 넋 놓고 우두커니 서 있는
나무의 침묵 무채색이다

장미원에서

바이올린을 연주하는 햇빛의 관능이 터진 향기
벌 나비 떼 기지개를 켜며 눈을 뜬다
달아오르는 진홍빛 꽃술에 바람이 부르르 떤다

만나고 헤어짐을 알게 될 때쯤이면
망상에 젖어 영원할 것이라는
독을 약으로 오인한 혀 염증으로 부푼다

목이 꺾이고 떨어져 흩어진 꽃잎을 모으며
남은 향기 마지막까지 토하기를 기다리는 바람
같이 가야 할 시기를 저울질한다

공양법

풍장의 시간이 가까워 타르초의 경문에 빠진 나무들
앙상한 뼈들을 꿈틀대는 잎들이 눅눅해졌다

다 털어낸 나무들의 곡소리 흩어지자
반향 없는 하늘을 열어 눈물로 삭인 설리라設利羅
누구나 죽음 앞에 숙연해지는 법

새끼에 몸준 낙지에 눈물 쏟는 바다를 본 적 있다
애착보다 안타깝고 슬픈 공양법 가지각색이다

호랑나비의 시간

호랑이 가죽에 이름표를 달고
햇볕을 찍어 나르다 생긴 통점들
배와 가슴으로 중심 잡고
비행의 균형을 맞춰 날개를 젓는다

전부 제 아래에 있는 듯
까마득한 점들이 저의 날개에서 떨어진 양
오인하여 아름답다 속삭이며
위태하게 바람의 작두를 탄다

나리꽃의 얼굴이 보이기 시작하면서
본능이 꿈틀거리며 짝짓기에 빠져
주둥이 꽃술에 박고 봄날이 저물어간다

금강, 돌아오다

칠십 년의 속삭임을 듣는 나는 옛날이지만
그와 교감은 늘 출렁임이다
앞섶에 안긴 바람이 몸 냄새를 핥는데
물의 그물을 빠져나간 문자들은
획이 꺾이고 부서져 행방이 묘연하다

어찌 모든 걸 자로 잴 수 있는가?
어찌 흐르는 것을 한 틀에 담을 수 있나?
흐른다고 모두 바다로 향하는 건 아니다
샛강으로 삐져 벼 한 포기 키우는 일
소소한 재미라 치부하는 것이 사치라며
배고파 떠난 이들 지금 어디에 있는지

물결 따라 볼 붉은 잠자리 날개의 반짝임
시리게 어른거리는 시절
마른 꽃잎처럼 지워진 흔적들
고개 돌린 저문 강의 그리움만 출렁인다

4와 2 사이

불행의 수로 찍힌 4와
빛과 어둠, 음과 양의 수인 2 사이
하늘과 땅과 사람
성자 성부 성령이 있다

양의 1과 음의 2가 만나면 늘어나는
건물 층수와 대지에 호들갑을 떨며
손익 계산을 하지만 허수는 제외한다

세상 별거 아니다
확신에 찬 말로 귓구멍을 뚫는 겹친 3,
삼삼하게 하늘에 닿는다

공식으로 모든 것을 해결하면서
세상 모르는 수학자들에게 어려운 수들
이론과 실제가 달라 고개를 갸웃거린다

제4부

다른 듯 같은,
같은 듯 다른

들숨과 날숨

들고나는 숨을 살핀다
들숨은 눈이 커져 아픔과 슬픔을
공감하여 위로와 격려를 보인다
단전에 기를 모아 내뱉는 날숨은
허접한 잡념과 고민을 날린다
습관화되어 느끼지 못하는 일상
숨을 인식할 때 실감한다

출산은 몸부림으로 시작한다
따뜻한 대지와 향기로운 공기도
긴 호흡 한 번이면 끝이라서
들숨과 날숨을 멈추지 않는다
불쑥불쑥 손가락에 솟는 숫자가
의문으로 다가와 생기는 두려움
들숨과 날숨, 같은 숨인듯하여도
매일 다른 해가 지고 뜬다

그늘과 그림자

항아리 금 간 선에
같은 듯 다르지만 같은 꿈으로
해를 키우는 그늘과 그림자
먼저 움직이기를 거부하는
너 나 아니고 나 네가 아니어서
희로애락을 감추고
휘청대는 발로 다가가면
꼭 그만큼 간격으로 물러선다

매일 동행하다 마침내 꺼지는 어둠 속
한 줌의 재 같은 감각이어서
화려한 색을 원하지 않는다
있어도 없는 듯 없어도 있는 듯
하지만 꼭 곁에 있어야 안전하다
뜨거울수록 작아지고
어둠이 깊어야 비로소 합일하는 사랑
이제 운명을 성형할 때다

풀잎 생각

흔들리는 것들은 모두
자신이 바람을 흔든다고 생각한다
달리 보일 뿐
빛과 그림자는 한 핏줄이다

꽃과의 비교는 절망이었다
같아도 다르게 달라도 같아 보이지만
수시로 변하는 감정인데
풀과 꽃을 꼭 가리려 한다

꽃잎 거꾸로 매달려 가슴을 토할 때
마른 향기마저 흩어지자
한 음을 내리는 낮은음자리의 풀꽃
시선을 의식하지 않고 뒷걸음이다

숲에 관한 보고서

방 한 칸 세 놓은 나무와 세입자인 새
서로 등을 대고 교감하며
푸른 모음들이 어우러진다
키를 키우려고 부풀어 오른 바람
잎들의 웃음을 따라 웃는다

껍질 속에 모두를 침묵으로 견디며
눈과 귀의 뒤축이 다 닳도록
살피고 기다리는 나무
숲에서 일어나는 일은 비밀이지만

자유를 환장하게 퍼 나르며
구름 몇 장 펼쳐 보호막을 친
새들의 보고서는 늘 같은 내용이다
우르르 몰려나올 잎을 기다리는 동안도
수다 때문에 잠시도 쉴 시간 없다

유리창에 성에가 낄 때

호기심으로 꽂히는 시선
들여다볼 만큼 지우려던 입김이
입술이 붙는 건
안과 밖의 환경과 온도 차이다
속살 떨어진 조개들의 움직임 닮았다
보일 듯한 속살에 꽂힌
파올로와 프란체스카의 불륜은
순수를 말살한 빅뱅이고
베아트리체를 지운 허무라서
유리창 밖은 늘 동경이다
밤새 숲이 바람 소리를 가둬 놓고
안개 숲을 빠져나간 누군가
유리창 안을 들여다보는 동안
가슴에 내려앉는 잎새 하나
버림받은 사람 마음이다

장미와 미루나무

가시를 세우고 울타리 친 배경
꽃진 빈 가지 외롭다
밖을 향한 가시가
자신을 찌르고 있음을 왜 몰랐을까?

거침없이 하늘을 향해 우뚝 선
미루나무 가시 없음을
어찌 이제야 보았을까?
많은 상처 덤덤한 척하지만
바람의 빈자리 허전하고 아프다

투명한 이슬방울 받으며
가시를 뽑아내려는 장미
화려함의 감옥에 갇힌 것을
좋아만 할 일 아니다

타임캡슐이 열리다

때가 아닌데 열린 타임캡슐
꽃잎의 보푸라기 감긴 몇 권의 시집
나불댄 말들이 쏟아진다
자정부터 새벽까지 부재는
보쌈해 간 별을 찾아
우주를 헤매고 있음이다

꽃이 상처고 아픔인 줄 모르고
겉모습에 빠져 감탄하다가
바람을 타고 피고 지는 꽃향기에
사랑을 놓아버린 뒤
그렇게 허망하게 분별력을 잃었지

과거를 오랫동안 가둔 캡슐
훗날 누군가 열어보겠지 하고
나름 소중한 시간을 모아두지만
타임캡슐이라는 말조차 없을 세상에
무엇을 남기면 무엇하나?

일기예보 캐스터

맑다 흐리다가를 반복하는 일기예보
기상도에 눈이 따라가다가
나무에 부딪혀 흔들리는 바람
진정시킬 묘수가 보이지 않는다

멈춤 없이 움직일 뿐이어서

머리가 없어 생각을 뽑아내지 못하고
햇볕을 고뇌하다 하얗게 변한 울음이
부패한 흙 속을 해 맬 뿐인데
한 사흘 몸 섞는 연애를 꿈꾸며
토막마다 사랑의 언어를
육필로 휘갈기는 초서를 어찌 해석하나?

멈춤 없이 꿈틀거릴 뿐이어서

언제 구렁이 되겠냐만
꾸역꾸역 멈추지 않는 비린 배밀이
역겨운 냄새가 사방으로 퍼지니
맑다 흐리다 비가 내리겠다

자격증 시대

홀로 설 수 있는 세상을
기웃거리고 있음을 눈치채고 있다
검증 서류에 꼭 붙는 증명사진의
팔꿈치에 아이콘처럼 찍힌 낙인
복사꽃 태울 듯 근엄한 표정이다

저문 달의 자리에 어둠이 채워질 때
수평이 보이지 않아
세상은 수직이라고 믿기 시작하였다
꼭대기에 서면 황홀해질 수 있을까?
허기를 채울 자격증은 몇 개 있는데
사랑의 갈증은 어떻게 해소한다지

오래전 마감한 연애가 아쉬워
마지막 취해야 할 자격증에 꽂히고 있다

경우의 수

사랑을 치유하는 에로스
아직도 그리움 품고 있으면
속없는 경우의 수다

외로움을 터득한 달은
한곳에 머무르지 않는다
다수가 공감하는 경우의 수다

강하게 보일수록 속 빈 강정이다
바람이 꽃술에 속삭이듯
아픈 사람의 이마를 짚어주는 경우의 수
많은 위로가 된다

경우의 수를 헤아리다가 밤이 샌다

다른 듯 같은, 같은 듯 다른

몸이 바다에 빠졌을 때 죽음이지만
마음이 빠지면 서정이고 감동이다
빗방울이 부딪힌 유리는 투명했을 것이고
길게 가지를 뻗지 않는 나무
대적하면 부러지는 것을 안다

시작점과 종점이 같은 우주
종교와 철학에 끼어 혼란스럽다
합집합과 부분 집합의 교차 부분에서
삼족오가 두 발이 된 이후
배 떨어지자 까마귀 날아간 건 추상이다

나이 들면 아는 게 많아질 줄 알았는데
알았던 것도 점점 잊어버려
다른 듯 같은, 같은 듯 다른 세상
허둥대기 일쑤다

개미

앞과 뒤가 분명치 않아 맞춤법 없는 활자를 배열한다
더듬이가 바쁜 것이 시상이 떠오른 모양이다

오체투지의 기법으로 집과 무덤의 토성을 쌓아
집이 무덤이고 무덤이 집이라니
몸집 대비 머리 비율을 따지니 참 영리하다

햇살을 끄는 지렁이를 보시한다고 칭찬하는 법을
어디서 배운 것인지
장맛비에 봉분의 숨구멍이 숭숭 뚫려 있어도
길과 도가 같은 것이니 선계에 들어있다

예지력이 뛰어난 더듬이로 먹이를 끌며 밀며
여왕을 생각하니 땀조차 나지 않는다

박쥐의 시간

동굴을 본적지로 삼고
동료인지 적인지 탐색을 시작한다
희미하게 스미는 빛으로
윤곽을 구분할 때까지
물방울들이 뻗어내린 종유석을 해석하려
거꾸로 매달려 흔들린다

어디에도 기록되지 않는 박쥐의 시간
깊이 들어갈수록 피돌기가 멈추니
평생 동굴 하나 간수 하기 힘든 것을
날개 부러진 박쥐들은 알고 있다

어미의 동굴에서 처음 나오자마자
세찬 빛 때문에 주먹을 꼭 쥐고 울었다

제5부

정사에 대한 소문

여담

서두는 늘 '존경하는' 이 붙어
내가 정말 존경받는 것처럼 으쓱한다
로봇이 인간을 조종한다는 가십이
토스트처럼 튀어 오르며 부푸는 말들
정치 이야기는 피하고 싶지만
살짝살짝 찔러보니 중독성 있다

흐르는 세월에 꽃무늬 넣으며
그냥 그렇게 사는 건데
주름진 벽지를 팽팽히 말려 펴니
세월의 껍질에서 나는 나프탈렌 냄새,
끝맺지 못한 사랑이 코를 찌른다
쓸쓸함은 흘러간 세월 탓이 아니라
아직 끝나지 않은 생 때문이다

바람의 제국

전쟁기념관을 돌아 회오리치는 바람
피와 눈물로 불러도 대답없다
하늘에 이름 모를 별이 많아진 것이
갑자기 별이 된 사람들 때문이다

아무 관계 없는 듯 외면하다가
골목을 채우는 말
진실은 구름에 잠시 가린 태양인 것을
몸을 가누지 못하는 실바람들
전전긍긍 우왕좌왕 회돌이를 친다

거기 간 게 잘못이네요
죽어서 더 미안합니다
세상을 시끄럽게 해서 죄송하고요
벽에 박힌 메아리 돌아온다
괜찮다 괜찮다 언젠가 죽는 거
세월이 약이라며 냉소적인 말 말들

정사에 대한 소문

나의 정사는 은밀한 낭만이고
남의 정사는 세상이 끓는 추문이다

명분과 의리는 배신하기 위한 거
나날이 발전하는 부정과 타협 기술에
더욱 은밀해지는 정사
한 박자 늦게 안 사람들
'그랬더라' 설마 '그랬으려니'

귀천이 없다는 말은 차별을 의미한다
녹슨 페달을 밟는 기러기 떼들
허공을 덮는 울음이 별빛에 젖으니
서열에 처진 무리가 헐떡인다

국민의 국민에 의한 국민을 위한 정사
언젠가 '그리되겠지'
짐승들 목이 길어진다
배가 고픈가 보다

거스르다 또는 거슬리다

물을 거슬러 오르는 물고기나
비바람 거슬러 꽃을 피우는 나무처럼
용기 있는 자는 세상을 거스른다

거스르는 거슬림을 용납하지 않으면
버튼으로 움직이는 로봇이거나
혼자서 아무것 못하는 인간이 될 뿐
참을 수 없을 만큼 거슬린다 해도
너는 그가 아니고 그는 네가 아니다

왜 사람들이 침묵하는지
강을 보러 간다
하현달 눈꺼풀 사이 출렁이는 물결은
관절이 다 부러져 없어진다 해도
저렇게 거슬러 오르는데

들고양이의 봄

냇물 속 물고기와 야옹거린다
잠에서 완전히 깨어나지 못한
진행형 시제인 대지의 서사는
간지러운 발끝에서 시작한다

귀를 쫑긋거리다가 아기 울음소리를 내며
해그림자 둥글게 걸머지고 오르는 담장
허기나 면하라고 놓은 접시에서
달빛 몇 점 핥다가 손톱을 문다

찰나와 영겁이 매 순간 교차한다
봄이라고 털을 홑씨처럼 날리는가?
무엇을 놓치고 살았는지
이리저리 눈알을 굴리다가
저문 날 어디론가 다시 길을 떠난다

비 오는 날

갈증 난 신이 건반을 두드린다
다양한 음색인 거
기록되지 않은 연애에
비로 흠뻑 적셔본 사람은 알지

비 오는 날이면 볼 일 없는 꼰대들
술잔을 기울이며 한때를 회상한다

젖은 구두의 슬픔은 그의 몫이다
닫고 살아온 귀를 여니
불안전한 화음으로 퍼지는 하늘의 음
마구 퍼붓는 비 잠시나마 후련하다

수평으로 눕다

변하지 않는 방식으로 불모성을 따지는
초록빛 실루엣이 어리는 시간
숲의 통치법은 봉건주의다
헛기침 몇 번에 몸을 떠는 잎들
열병식 대오를 갖춰 숲의 율법을 지킨다

덩치가 클수록 바람을 타는 나무
총대처럼 키를 세워 위엄을 보이니
저 밑 그늘에 갇힌 풀꽃들
제대로 숨소리 한번 내지 못한다

영역을 벗어나는 순간 죽음이지만
새로운 세상 그리다가
잘리고 다듬어져 수평으로 누우니
비로소 아늑하고 평화롭다

거울 앞에서

겉모습만 반추하여 공중부양 상태로
몸살로 피운 정원의 꽃이 빗장을 푼다
육신의 껍질을 벗고 차오르는 떨림
형상이 보이지 않으면 실체가 없는 거다

반사는 뉘우침이다
거미줄에 걸린 위급상황을 *로 해두는 미래
스쳐 가는 시간 속 잡히지 않는 존재다

입에 발린 칭찬이 이끼로 쌓인다
누구시더라
잠시 만남도 필연이라 여기면 세상이 밝다
거울을 닦고 다시 들여다보지만
그 얼굴이 그 얼굴이다

착시

벌떼의 침을 맞고 으스스 떠는 바람에
파고든 매미에 고목이 몸을 젖히자
잎들이 재미있어 덩달아 까르륵거린다

오리의 그물질에 튀어 오르는 물고기
제 세상이라고 한껏 주름잡으며
그물망을 펼치는 물결 가소롭다

움푹 파인 톱사슴벌레의 집으로
숨어든 바람이 숨죽이고 있는데
뱀과 생쥐가 같은 주제를 다르게 설명한다

다른 생각으로 부화를 거듭하는
숲의 언어들이 서로 다른 속내를 감추고
공생하며 살아가는 생존법을 논하고 있다

바람의 흔적

꽃들의 신발이 찍고 간 흔적을 찾는다
간절한 것이 한둘이냐?

아람을 엿보던 비무리 떠나야 함을 안다
보이지 않는 형체로 앙탈하다가 웅웅대다가
사부자기 톳나무 등을 긁어준다

빗장을 풀어버린 가슴에 숨결이 타오르던
전설 같은 바람의 이야기 기억이나 할까?

보이지 않아 그냥 지나겠지 했는데
굳게 닫힌 낯선 창을 두드리며
저무는 계절의 중심에서 붉게 울고 있다

그림자놀이

늑대와 독사가 벽과 벽의 경계에서 대치 중이다

꽃나무 동화작용으로 햇빛 흐르는 소리가 들린다

옛날로 돌아간 동심은 어둠까지 포용한다

미움과 증오, 외로움에 젖은 자화상을
삼인칭으로 치부하여 밀어내도 떠나려 하지 않는다

귀퉁이에서나마 주인공이었던 그림자놀이
빛이 차단된 지금 더는 호기심이 일어나지 않는다

너무 뻔한 것임을 알아서

쇼윈도에 별이 뜨면

별빛이 쇼윈도 창을 뚫지 않는 건
이미 밝은 거기에서 존재감 없기 때문이다

바람에 치여 뒹구는 잎들 뼈가 우두둑 부서진다

쇼윈도에 누군가를 닮은 별이 빛을 내면
황량한 밤의 배경에 간절한 눈과 마주한다

아무것도 보고 듣지 않지만, 잠시 유혹에 빠져
가볍게 머물러도 상처뿐이다

돌아와 빛의 울안을 두근거리는 바람 한 자락
피가 흐르는 그리움과 아직도 내통 중이다

꽃의 배꼽

꽃대에 올라앉은 노을이 죽음을 하늘에 수납한다
상처가 된 별이 조마조마한 생각을 흔들 때
꽃이여, 끝이라 할 때 시작이니 걱정하지 말라

죽음의 냄새가 가시기 전에 새로운 꽃이 핀다
향기를 뿜어낼 때는 외로움을 몰랐지만
가치와 의미는 수시로 변한다

외형만으로도 자연스러운 표현 방식에 감동했지만
배꼽에서 꽃이 피는 한 여자들에게 희망이 있다
아기가 태어나는 곳이라 배웠기에

판도라의 상자

운명을 전제한 소통이지만 여신을 말하는 순간 과거다
신화 속 누군가가 뭐 그리 중하리

초사흘마다 어머니는 기원하고 나는 떡시루에 눈을 둔다
어머니 소망을 짐작하여 언제쯤 이루어질까 기다렸지만
신은 모든 인간을 사랑하느라 바빠서 아직도 답 없다

먼저 생각하는 프로메테우스
이미 열린 상자에는 인간을 위한 불씨가 있었고
사슬에 매일 자신의 운명을 알고 있었지만
그에게서 후회한다는 말 들어본 적 없다

현재라 말하는 순간 과거는 지나고 알 수 없는 미래
왜 궁금해야 할 이유가 남는지
판도라 상자 이제 없고 희망 없으니 열 필요 없다
꼭 원한다면 제우스 같은 그를 닮던지

평론

언어의 전이현상轉移現想으로 빚은
고아高雅한 시적관조

—전길중 제8시집 「시파랭에서 놀다」 론

복재희

(문학평론가·시인·수필가)

1. 프롤로그 — 독자에게 상상력을 증폭增幅시키는 시인

출판사로부터 원고를 받고 작품 전체를 프린트하면서 시 제들을 보는 순간, 전길중 시인의 시적 정서가 한없이 투명 하고도 깊어서 허리를 다시 곧추세우고 일별—瞥하자니 한 수 한 수 모두 꽃목걸이를 걸어 주고 싶은 마음이 앞선다.
시인다운 시인이 시다운 시를 고아高雅하게 썼다는 기쁨 이 첫인상으로 다가온다.

전길중 시인은 1987년 월간 시문학에 천료(기성문인이 신인을 발굴하여 추천)되어 「안경 너머 그대 눈빛」,「바람 은 가고 싶어 하는 곳으로 분다」,「힘의 균형을 위하여」,「섬 에서 달의 부활까지」,「제 그림자에 밟혀 비탈에 서다」,「울

선생님 시 맞죠?」「그녀의 입에 숲이 산다」를 상재하시고 이번에 제8집 「시파랭에서 놀다」를 상재하는 상당한 시적 자산을 지닌 시인이시다.

수상受賞으로는 전북 시인상, 전북 문학상, 한국문학 백년 상, 한국문학인상, 새 전북 신문 문학상 대상, 등대 문학상 입상 외에도 다수의 상을 수상했으며 문학단체 활동으로 는 전북 문인협회 부회장과 문학관 자문 위원장을 역임했 으며 현재는 한국문인협회 감사와 한국문학신문 편집위 원으로 왕성한 활동을 하시며 순수문학의 한 지평을 개 척한 시인이라서 필자는 시인의 약력을 여기에 기록하여 예를 갖춘다.

1980년 출판의 자유화로 대거 시인들이 등단하면서 시 인은 많으나 시다운 시는 턱없이 부족한 현실에서 후학들 에게 —식물성 정서를 대상화하면서 정신적 특징을 발현 하기위한 시어에 관념적이 아닌 전이현상을 마침하게 구 사하여 시의 개성과 문학적인 제 조건을 넉넉하게 갖춘 내 적 정신의 소유자이기에 후학들에 전범典範이 될 시인이라 는 점에서 필자의 평론이 사족이 될까 두려움마저 앞선다.

전길중 시인은 자연을 시인의 정신 속에 끌어들임과 동시 에 이를 또 다른 세계의 자연으로 데포르마시옹 할 수 있 는가를 숙고하는데서 상당한 아름다움을 만든다.

한 시인을 만나는 일은 한 우주 (Micro Cosmos)를 만나 는 일이다. 어스름 나이임에도 지난한 시간 피로 쓴 8집 상

재를 축하하면서 앞으로 좋은 시를 다산多産하기 위해서라
도 시인의 건강을 잘 돌보시라 권한다.

2. —무음으로 피는 꽃 어머니

피고 지는 자연의 이치가 그렇듯
얼마 남지 않았다고 혼잣말하는 어머니
봄 떠난 지 오래인 줄 알면서
꽃 피지 않는다 속앓이다

꽃들을 밀어 올리는 꽃대의 명치 아리다
꽃샘추위를 견디어야 봄이 오는 것을
한꺼번에 그 많은 꽃 피울 수 없음을
꽃이 저절로 피지 않음을 알고 있지만

'그래서 그랬을 거니' 짐작하며
스스로 꽃대를 세워 무음으로 피는 꽃
어둠과 빛의 경계에 머물러
그래, 꽃이 피고 질 때 소리를 내지 않지
눈물 훔치는 꽃나무에 저승꽃 아른거린다

— 「무음으로 피는 꽃」 전문

어머니라는 단어는 가장 아름답기도 하지만 가슴 밑동부터 저려 오는 가장 아린 이름이기도 하다. 포근하고 안온함을 주는 사랑이란 이름이 세상엔 수없이 존재하겠지만 어머니의 사랑 앞에는 견주기조차 옹색하리라 생각한다. 어려운 시절 우리네 어머니들의 애환을 시인이라 어찌다 표현할까에 이르면 먹먹함만이 답이 된다.

남성임에도 섬세한 표현을 구사한 시인의 시적재능은, 서정시의 상당한 언덕임을 명징하게 보여주는 작품이다.
어머니라는 이름은 언제나 가슴 밑동에 눈물로 남아있다. 당신은 냉수 한 사발로 배를 채우셔도 오로지 자식 입에 넣어줄 맛있는 음식을 장만하시느라 손발이 부르트도록 고생만 하신 어머님을 피고 지는 자연의 이치에 대입하여 "어둠과 빛의 경계에 머물러 / 그래, 꽃이 피고 질 때 소리를 내지 않지 / 눈물 훔치는 꽃나무에 저승꽃 아른거린다"며 스스로 꽃대를 세워 무음으로 피는 꽃이 어머니라며 속울음을 삼키는 작품이다.

독자들에게 내 어머니를 돌아보는 효심을 일으키기에 충분한 작품이라 하겠다. 더욱이 "얼마 남지 않았다고 혼잣말하는 어머니"라는 대목에선 어머님의 노구가 보이고, 안으로 안으로만 삭히신 인고의 단아함을 엿 볼 수 있는 대목이라 하겠다. 시인의 눈에 "눈물 훔치는 꽃나무에 저승꽃 아른거린다"란 표현은 독자로 하여금 가늠하기 어려운 작가의 안타까운 심리상태를 상상하게 하는, 상당한 시적

훈습이 가져다 준 언어의 연금술이라 느껴진다.

　그 어머니의 선한 유전자로 지금의 전길중 시인의 태생적 시인의 면모가 확립된 것이라 유추된다. 화수분과 같은 신의 영역인 어머님의 사랑에 어느 자식인들 부족한 자식이 아닐 수 없다는 위무慰撫를 전하면서, 삼가 어머님의 장수를 빌면서 아들의 문운을 다져 주시리라 믿는다.

　지면상 다 선보일 순 없지만 1부 작품 한 편 한편이 주옥같이 고아하고 정제된 작품이라서 독자들에게 깊은 감동으로 다가가리라는 믿음이 든다.

3. ─사랑학 개론에 관한 소묘들

　전, 시인은 사랑에 대한 여러 작품을 탄생시키면서 여느 시인과 다른 사랑학 개론을 그리스 신화를 대입시켜 감정 행동 관계 문화 역사 등을 다양한 관점에서 통찰하여 시인만의 개성으로 독자들에게 다가서는 다감함으로 2부를 구성했다.

　일반적인 사랑의 개념은 타인에 대한 강한 애착, 지지, 관심, 존중으로 감정적인 연결로 묶여진 관계를 말하며 사랑은 모든 예술의 근간根幹이 된다.

　또한, 인간의 삶에서 지대한 행복과 만족을 줄 수 있다는 점에서 설령 예상할 수 없는 아픔에 노출되어 피를 말려도 그 감정에 빠지기 위해 우리네 삶이 존재한다고도 볼 수 있다.

셰익스피어의 '로미오와 줄리엣'의 가문의 갈등으로 빚어진 비극적인 사랑이나, 피츠제럴드의 소설 '위대한 개츠비', 의 제이 개츠비와 데이지 부캐넌 사이의 사랑과 부와 사회적인 욕망이 얽힌 이야기나, 톨스토이의 '안나카레리나'의 안나 카레니나와 알렉세이 브론스키 사이의 사랑과 결혼 등등 수많은 문학적 주인공들의 시대와 문화적 배경에서 빚어진 인간의 복잡한 감정들이 사랑이라는 이름으로 휘둘리는 것이 인생이란 결론에 도달한다.

그래서일까 이를 간파한 전, 시인의 사랑 관觀 역시 사랑은 0으로 시작하여 '응웅'하며 맞춰가는 것이란 결론으로 수작을 탄생한다. 그 작품 「사랑의 건축학」을 만나보자.

말 없어도 표정과 행동으로 교감한다

입구는 하난데 출구가 여럿인 꽃밭이

꽃과 나비의 놀이터라고 단언할 일 아니다

다 안다고 생각할 때

얼마나 많은 것을 모르고 있었는지?

출신과 조건에 구애됨 없이

태생이 다른 유형의 6과 9로 만나

0으로 시작하여 ∞로 이어가려고

부족함을 채우고 넘친 부분은 깎아내며

'응웅'하며 서로 맞춰간다

별 하나에 같은 꿈을 심어놓고
비바람이나 혹한에도 흔들림 없이
소소하지만 확실한 행복을 위해
적재적소에 알맞은 색과 모양으로
새로운 건물을 세우는 건축학이다

— 「사랑의 건축학」 전문

전, 시인의 8집 시제가 「시파랭에서 놀다」이듯이 거개 작품들이 보기에도 단정하고 마침한 연과 행으로 —시제 그대로 18행을 벗어나지 않으려는 의도로 이루어져 있는데 이는 나긋한 시인들에겐 어려운 작업이다.

1연에서,
"말 없어도 표정과 행동으로 교감한다 / 입구는 하난데 출구가 여럿인 꽃밭이
꽃과 나비의 놀이터라고 단언할 일 아니다 / 다 안다고 생각할 때 / 얼마나 많은 것을 모르고 있었는지?" 말없이 눈빛만으로 교감이 완성되는 단계가 사랑이지만 사랑은 움직이는 것이라서 시인은 출구가 여럿이라 표현하며 결코 변하지 않을 거라 단정하지 말라는 의미를 던지고 있다.
다 알듯하면서도 어쩌면 전혀 모르는 것이 사랑의 표정일 수 있다는 성찰로 독자를 이끈다.
시인에게 사랑이란 원초적이다. 비단 남녀만의 사랑이 아니라 사물을 바라보는 애정의 눈은 늘 새롭게 살아나는 생

명체로 만나지기 때문이다.

　사랑은 A와 B가 결합하는데 AB이거나 BA가 아니라 전혀 다른 C로 변모되는 데서 서로 다른 속성이 하나로 결합하는 화학반응이다. 다시 말해서 유사한 것으로 결합하는 속성이 아니라 전혀 다른 것으로 변모하는 이질적 성질로 '나와 너'가 서로 허물 수 있을 때 비로소 신선하고 깨끗한 사랑이 된다는 이치이다.

　2연에서

"출신과 조건에 구애됨 없이 / 태생이 다른 유형의 6과 9로 만나 / 0으로 시작하여 ∞로 이어가려고 / 부족함을 채우고 넘친 부분은 깎아내며 / '응응'하며 서로 맞춰간다"는 것이라 표현하는 대목은, 요석공주와 원효대사의 사랑, 도화녀와 왕과의 사랑, 김유신 여동생과 김춘추와의 사랑 등등 사랑엔 정도가 없이 끌림의 법칙만이 존재하는 것이란 반증이다.

　3연에서 시인은

"별 하나에 같은 꿈을 심어놓고 / 비바람이나 혹한에도 흔들림 없이 / 소소하지만 확실한 행복을 위해 / 적재적소에 알맞은 색과 모양으로 / 새로운 건물을 세우는 건축학이다"라며 사랑의 성城을 어떻게 완성해갈지를 일러주는 심오함으로 탈고된 수작이다.

4. ─시詩란 무엇인가

시詩란,

인간을 말하는 문자기교의 표정이다. 다시 말해서 언어로 인간의 속내를 나타내는 방법 ─언어를 통해 인간의 삶에 대한 성찰이나 지혜의 푸름을 나타내는 의상일 뿐이다.

물론 시는 이세상의 모든 대상을 포괄한다는 점에서 기교를 필요로 한다. 더구나 산문과는 달리 응축凝縮이라는 방법을 동원하기 때문에 비유나 상징의 의상을 거칠 때, 비로소 시의 숲은 푸르게 조성된다.

이때 시인은 원정의 임무를 수행하게 되는데 우선 마음의 하드웨어인 설계도를 만들고 그에 따른 소프트웨어를 적절히 구사함으로써 시의 정원은 아름다움을 갖추게 된다.

이런 과정은 시인의 뇌수腦髓에 정치精緻한 논리성을 구축하는 도정道程을 지나게 된다. 흔히 시를 비논리의 논리라 생각하기 쉽지만 정작 시의 완성까지는 의미의 논리가 정연하지 않으면 안 된다.

물론 시적 애매성이란 특징이 있지만 이 경우도 의미의 정리가 들어 있어야 감동을 남긴다. 무질서의 조합인 이현령비현령耳懸鈴鼻懸鈴이란 상황과는 전혀 다른 의미인 것이다. 한마디로 시는 시인의 정신을 그리는 작업이면서 시인의 내면을 꾸밈없이 나타내는 특징을 갖는다.

전, 시인의 다음 작품「시를 쓰다가」에서 시를 대하는 시인의 고뇌를 엿볼 수 있다.

'적당히, 알맞게'가 떠오르지만
구태의연하다
여인의 귀고리에서 물방울 소리
요염한 시어들인지라
그 또한 오용할까 염려스럽다

하루살이 생애가 아팠고
피 흘리는 짐승들 가여웠다
가위눌린 꿈에서 쫓기며
막다른 길에 도착하여
이제 나를 잊기 위해 시를 쓴다

더 추락할 곳 없는데
왜 항상 조마조마한지
시를 안다고 선뜻 말할 수 없으니
그렇겠지만

— 「시를 쓰다가」 전문

8집을 상재하는 시인도 "'적당히, 알맞게'가 떠오르지만 /
구태의연하다"는 표현으로 시를 출산한다.
구태의연舊態依然이란 발전되지 않고 예전의 좋지 않은 그
대로를 의미하듯이 시詩 앞에서 당당할 시인은 찾아보기 어
렵다는 표현이리라.

"말 한마디를 찾아내기 위해 꼬박 하루 동안 두 팔로 머리를 싸안고 가엾은 뇌수를 짜는 일이 무엇인지 당신은 아마 모르실 겁니다. 당신에겐 사상이 폭 넓게 그리고 다함없이 흐르고 있습니다. 나의 경우는 그것이 보잘 것 없는 실개천입니다. 폭포를 만들기 위해서는 엄청난 대공사가 필요합니다. 나의 인생은 자신의 심장과 두뇌를 짜서 마침내 그것을 고갈시키기 위한 과정입니다"

이 인용문은 ≪보봐리 부인≫의 작가 귀스타브 플로베르가 평소 짝사랑의 감정을 품고 사귀던 연상의 여류작가 조르주 상드에게 보낸 편지 중 한 대목이다.

세계문학사에 하나의 커다란 봉우리로 솟아있는 대작가 플로베르조차도 이처럼 비통하게 그 어려움을 호소하고 있는 것이 바로 문학이다. 그러한 문학의 한 장르에 시가 앞자리에 있다. 아니, 그러한 문학 중에서도 시는 언어에 대한 태도가 특히 엄격한 장르이기도하다. 그러니 더욱 어렵지 않을 수 없다.

2연에서,
"하루살이 생애가 아팠고 / 피 흘리는 짐승들 가여웠다 / 가위눌린 꿈에서 쫓기며 / 막다른 길에 도착하여 / 이제 나를 잊기 위해 시를 쓴다"고 시인은 절규한다.

시의 속성은 늘 아픔을 먹고 자라기에 ─진정한 시인이라서 자신을 잊기 위해 시를 쓴다는 고백은 절절함을 넘어 아픔으로 다가온다.

시인은 천형을 짊어지고 시지포스처럼 멈출 수 없이 정

상을 오르는 존재라서 자기만의 城을 쌓지 않으면 실족하기에 이를 수 있음이다.

어쩌다 신이 내린 시 귀가 잡히면 혹여 이미 어느 시인이 사용한 시 귀가 아닌지 저의底意 하는 마음도 다반사인 것도 시인의 고뇌이다.

3연에서,

"더 추락할 곳 없는데 / 왜 항상 조마조마한지 / 시를 안다고 선뜻 말할 수 없으니 / 그렇겠지만"이란 표현에서 전, 시인의 시적 개성이 상당한 언덕에 있음을 알 수 있다.

시인이 시작詩作을 하다보면 의례 점성어가 따라 붙는데 전, 시인의 매 작품은 그러한 실수를 범하지 않는다. 작품마다 운율이 생동감을 갖는 것도 엄지 척 해 줄 일이다. 또한, "그렇겠지만"으로 탈고한 시적 매력은 백미이다. ―어찌 보면 미완성 같지만 시적 완성도로 보면 삽상하기가 그지없는 감각이라 하겠다. 한마디로 태생적 인자가 시인일 수밖에 없는 시적재능을 지닌 시인이라서 문운이 환하리라 믿는다.

5. ―그늘과 그림자

인간은 홀로 존재하지 않음으로부터 사회생활을 영위하는 동물이다. 이는 모든 동물들이 갖는 본능적인 양상을 벗어나 작위적이고 이성적이라는, 창조를 전제로 한 삶이라는 점에서 유다르다. 물론 인간은 혼자라는 삭막한 환경을 더불어 사는 공존의 광장으로 만들려는 상호작용의 의도에서 나를 위한 또 하나의 너를 대상화하려는 작심을 갖는데서 사회생활이 출발한다.

여기에 시의 출발은 시인 이외의 대상을 가상하고 거기에 인격을 부여하는 형태를 가상하면서부터 일정한 관계를 형성한다. 대상과 대상의 관계는 곧 의미를 만드는 일이면서 시는 이 의미를 어떻게 고급화하느냐의 고민으로부터 출발의 의미를 마련한다. 또한 표현하려는 대상과 시인과의 사이가 공존의 순간을 파기하고 일방적으로 끌어당기는 인력의 단계에서 하나를 위한 열망이 충동적으로 일어나면서 출발단계로 진전되는데. 여기엔 몇 가지 예상이 전제된다.

하나로의 결합이 성공적인 거리距離를 가질 경우 ―마이너스 극과 플러스극의 결합으로 밝은 불빛이 켜지는 경우―이는 행복의 노래를 창조하게 된다. 반면 둘의 관계가 결합하지 못하는 너무 먼 거리를 형성할 때는 눈물과 아픔 혹은 비극적인 작품을 만들게 된다.

시의 속성은 행복한 결합에서보다는 오히려 비극 쪽에서 더 많은 수작들을 잉태한다는 점에서 시의 역사는 화려한 아이러니에 속한다.

전길중 시인의 「그늘과 그림자」의 변증법은 두 개의 가상적인 거리의 간격을 운명으로 성형하려는 데서 명시名詩가 출발된다.

항아리 금 간 선에

같은 듯 다르지만 같은 꿈으로

해를 키우는 그늘과 그림자

먼저 움직이기를 거부하는

너 나 아니고 나 네가 아니어서

희로애락을 감추고

휘청대는 발로 다가가면

꼭 그만큼 간격으로 물러선다

매일 동행하다 마침내 꺼지는 어둠 속

한 줌의 재 같은 감각이어서

화려한 색을 원하지 않는다

있어도 없는 듯 없어도 있는 듯

하지만 꼭 곁에 있어야 안전하다

뜨거울수록 작아지고

어둠이 깊어야 비로소 합일하는 사랑

이제 운명을 성형할 때다

— 「그늘과 그림자」 전문

'그늘과 그림자' 두 단어는 모두 어둠과 어둠에 의한 가려짐을 나타내는 이미지인데 시인이 감춰둔 메타포는 뭘까에 독자는 보물찾기를 할듯하다. '그늘'은 햇빛이 가려진 곳이라면 '그림자'는 어떤 물체나 인물에 의해 생기는 어두운부분을 주로 표현한다. 시적표현에서 그늘은 자연스럽고

편안한 느낌이라면 그림자는 불안감이나 불확실성을 불러 일으킬 수 있는 이미지라는 점에서 차이가 있다.

1연에서,

"항아리 금 간 선에 / 같은 듯 다르지만 같은 꿈으로 / 해를 키우는 그늘과 그림자 / 먼저 움직이기를 거부하는 / 너나 아니고 나 네가 아니어서 / 희로애락을 감추고 / 휘청대는 발로 다가가면 / 꼭 그만큼 간격으로 물러선다"에서 '금이 간 항아리'는 어떤 대상과의 불협화음을 이미지로 숨겨둔 것이 아닐까 유추해 본다. 다르지만 같은 꿈을 안고 희망을 키워 더 나은 삶을 영위하려고 포용하는 입장에서 어렵게 다가가면 그 간격만큼 상대는 멀어지는 —약간은 절망적인 거리가 느껴지고 치유가 필요한 안타까운 이미지로 이해되는데 전, 시인에게 누가 될지는 모르겠다.

한번만 훑어도 다 드러나는 시보다 곱씹어 이리저리 해석을 해보는 —난해미難解美를 지닌 시를 만나는 것은 독자에게도 상당한 시적 에너지원이 되고, 필자역시 이토록 아름다운 수작秀作에 참여함이 기쁨이라 밝힌다.

6. 에필로그 — 시적 소임所任에 충실한 시인

시는 감정을 융합하여 상징의 신선한 얼굴을 만들면서 새로운 세계를 제시함으로 소임所任을 다한다. 이는 일정한 대상을 이미지로 옮겨 놓을 때, 시인의 정신작용의 생생한 표출로부터 가능의 문이 열리는 이치. 이런 보편적인 기저基底위에서 전길중 시인의 시는 정서의 편차가 고르게 흐름을 유지하면서 미래를 향한 출구를 제시하며 시적 소임을 다하는 시인이다. 즉 격랑과 폭포의 소용돌이 인상보다는 아늑한 손짓으로 다감하게 다가오는 수작秀作들이 주를 이루는 시적 분위기. 이는 시인의 정신 발원發源에서 나오는 심리적 변용 —감정과 지성의 융합으로 다스려나가는 인자因子가 천생시인이란 확신이다.

전길중 시인의 근본을 이루는 사랑의 농도는 혜싱혜싱하지 않고 명징한 영상을 직조織造함으로 시 전체의 분위기가 부드럽고 아늑한 미감으로 다가온다.

한마디로 전길중 시인의 시는 깊은 고아高雅함으로 흐벅지다.